VENTE APRÈS DÉCÈS

Collection de Mme L. H. R. oblot

CATALOGUE

DES

TABLEAUX ANCIENS

ET MODERNES

Par :

D. ALSLOOT, J. DE ARELLANO, A.-S. COELHO, G. VAN EECKHOUT
J. VAN ES, B. FABRITIUS, F. FRANCK
F.-J. GOYA Y LUCIENTÈS, B. MANFREDI, J.-B. DEL MAZO MARTINEZ
B.-E. MURILLO, C. NETSCHER
G. SEGHERS, P. SNAYERS, F. SNYDERS, A.-M. TOBAR, F. YKENS, ETC.

E. LUCAS, J.-J. VEYRASSAT, ETC.

DÉPENDANT DE LA

COLLECTION DE Mme L. H. R.

PROVENANT EN PARTIE DE LA

Galerie du Marquis de SALAMANCA

Et dont la Vente APRÈS DÉCÈS aura lieu à Paris

HOTEL DROUOT, SALLE N° 1

LE VENDREDI 13 MARS 1914

A deux heures

COMMISSAIRES-PRISEURS

Me F. LAIR-DUBREUIL   Me GEORGES ALBINET

6, rue Favart   83, rue Taitbout

EXPERT

M. JULES FÉRAL, 7, rue Saint-Georges

EXPOSITION PUBLIQUE

Le Jeudi 12 Mars 1914, de deux heures à six heures

CONDITIONS DE LA VENTE

Elle sera faite au comptant.

Les adjudicataires paieront *dix pour cent* en sus des enchères.

Paris. — Imp. de l'Art, Ch. Berger, 41, rue de la Victoire.

TABLEAUX ANCIENS

ET MODERNES

ALSLOOT

(DENYS)

École flamande du XVIIe siècle

I — *Orphée charmant les animaux.*

Il est assis, drapé dans une étoffe rouge, sur un tertre boisé, et il joue de la lyre. Perchés sur les branches, des oiseaux l'écoutent, tandis qu'un tigre, un lion, un éléphant, une autruche, un cerf, un singe, des chèvres et d'autres animaux, debout ou couchés autour de lui, se sont approchés pour l'entendre.

A droite, un cours d'eau sinue à travers une vallée bleuâtre bordée de collines rocheuses.

Signé en bas, à droite, et daté : *D. ab. Alsloot, S. AR. Pic. 1610.*

Toile. Haut., 1 m. 51 cent.; larg., 1 m. 58 cent.

On remarque, en outre, à gauche, le n° 132 apposé postérieurement à la peinture et, sur le bois du châssis, le cachet à la cire du marquis de Salamanca.

ARELLANO

(JUAN DE)

Santorcaz 1614 † Madrid 1676

(PENDANT DU SUIVANT)

2 — *Un Vase de fleurs.*

Un vase, contenant des tulipes, des ancolies, des narcisses, des roses, est posé sur un socle de pierre où des figues sont éparses avec des cerises que becquète un oiseau.

Signé, en bas, à gauche : *Juan de Arellano.*

Toile. Haut., 46 cent.; larg., 46 cent.

ARELLANO

(JUAN DE)

(PENDANT DU PRÉCÉDENT)

3 — *Un Vase de fleurs.*

Des jacinthes, des tulipes, des roses, des œillets sont réunis dans un vase de verrerie transparente posé sur un socle de pierre.

A gauche, on aperçoit un oiseau ; à droite, des prunes rouges que convoite un papillon.

Signé à droite en bas : *Juan de Arellano.*

Toile. Haut., 46 cent.; larg., 46 cent.

BAKHUYSEN

(Attribué à LUDOLF)

Embden 1631 † Amsterdam 1650

4 — *Un Combat naval.*

Des vaisseaux de haut bord, dont les mâts sont chargés de voiles gonflées par la brise, sont en présence sur une mer agitée. Les marins sont sur le pont et dans les vergues, en armes ou occupés à la manœuvre.

Toile. Haut., 1 m. 02 cent.; larg., 2 mètres.

Sur le bois du châssis, le cachet à la cire du marquis de Salamanca.

BRIL

(Attribué à PAUL)

Anvers 1554 † Rome 1574

5 — *La Promenade au bord de l'eau.*

Au premier plan, une route animée de personnages longe un étang garni de joncs, de nénuphars et ombragé par de grands arbres; à droite, d'élégants promeneurs précèdent un carrosse.

Toile. Haut., 1 m. 15 cent.; larg., 1 m. 50 cent.

On remarque en bas, à gauche, le n° 205 ajouté postérieurement à la peinture et, sur le bois du châssis, le cachet à la cire du marquis de Salamanca.

CARAVAGE

(École de MICHEL ANGIOLO AMERIGI, dit LE)

(PENDANT DU SUIVANT)

6 — *Buveurs et Musiciens.*

Un violoniste est assis sur une table ; à son côté, un autre musicien joue de la flûte pendant qu'un homme en armure verse du vin dans un verre. Au centre, une femme en corsage gris joue du tambour de basque ; à gauche, un buveur.

Toile. Haut., 1 m. 27 cent.; larg., 1 m. 80 cent.

CARAVAGE

(École du)

(PENDANT DU PRÉCÉDENT)

7 — *La Bonne Aventure.*

Une jeune bohémienne, coiffée d'un voile blanc, a pris la main d'un officier, vu de dos, en armure. Un homme, coiffé d'un béret rouge, lui offre un verre de vin blanc. Près de lui, un jeune homme pince du luth ; à droite, un autre personnage.

Toile. Haut., 1 m. 27 cent.; larg., 1 m. 80 cent.

8

COELHO

(ALONZO SANCHES)

Benifayro 1513 † Madrid 1590

8 — *Portrait de l'Impératrice Isabelle de Portugal, épouse de Charles-Quint.*

Vue jusqu'aux genoux et assise, tournée de trois quarts vers la droite, la main gauche repose sur une table recouverte d'un tapis vert, l'autre main tient des roses. Elle est vêtue d'une robe de velours noir à jupe rose, les manches à crevés sur fond blanc et parée de bijoux d'orfèvrerie. Les cheveux roux, séparés en bandeaux sur le front, sont nattés et bouffants sur les oreilles. Un joyau est posé au sommet de la coiffure. Dans le fond, une couronne d'or et d'argent ciselés, enrichie de perles, rubis, saphirs, est posée sur un tapis de velours rouge.

Bois. Haut., 1 m. 05 cent.; larg., 82 cent.

Cadre en bois sculpté du temps de Philippe IV.

ÉCOLE DE CORDOUE

(XVIIe siècle)

500
———
200

Manasse

9 — *Zacharie au Temple.*

Agenouillé sur les larges degrés du temple, il tient entre ses mains les chaînettes d'argent d'un encensoir ciselé. De profil vers la droite, sa tête, dont les ans ont blanchi la chevelure et la longue barbe, est coiffée d'un bonnet blanc à revers rouges liserés d'or. Il est en habits sacerdotaux, longue robe blanche recouverte de velours vert sur laquelle retombent les pans d'une somptueuse chape enrichie de broderies dorées et lève les yeux vers l'ange Gabriel debout devant lui, une écharpe rouge flottant autour de son corps, le visage encadré dans ses deux ailes ouvertes. Il écoute le céleste messager lui prophétiser la naissance de Jean et lui dire : « Zacharie, ta prière est exaucée, ta femme Élisabeth t'enfantera un fils et tu lui donneras le nom de Jean ». (Saint Luc, I, 5.) Au second plan, la foule en prière contemple le miracle, massée entre les colonnes de l'édifice, et, à droite, on aperçoit la statue de Moïse dominant la composition.

Toile. Haut., 1 m. 75 cent.; larg., 1 m. 45 cent.

Sur le bois du châssis, le cachet à la cire du marquis de Salamanca.

ÉCOLE ESPAGNOLE

(XVIIe siècle)

10 — *Le Martyre d'une Sainte.*

Une jeune femme, en robe rouge, manteau jaune, les bras liés, est agenouillée sur les grands degrés de pierre d'une place publique devant un bourreau qui se tient debout, la main droite appuyée sur son épée. Des anges descendent du ciel dans un nuage qui réfracte la lumière ; l'un d'eux apporte des fruits sur un plateau. Une foule de personnages assistent à la scène.

Toile. Haut., 62 cent.; larg., 74 cent.

Sur le bois du châssis, le cachet à la cire du marquis de Salamanca.

ÉCOLE FLAMANDE

(XVI⁰ siècle)

11 — *L'Adoration des bergers.*

L'Enfant divin est étendu sur une nappe de lingerie
posée à même la paille de l'étable, devant le bœuf cou-
ché près de lui. La Vierge, à gauche, la tête voilée de
gaze et ornée d'un nimbe d'or, est agenouillée devant
lui ; elle porte une robe verte liserée d'or et joint les
mains dans un geste d'adoration. Au centre, saint Joseph,
en robe verte et manteau rouge, est également agenouillé
près de l'âne et croise les bras sur sa poitrine. A droite,
les bergers ; l'un d'eux vêtu de rouge, un genou sur le
sol, contemple le nouveau-né et s'appuie sur un long
bâton recourbé ; l'autre, debout, lève la tête vers deux
anges, aux larges ailes, en tuniques blanches, portant
des banderoles qui apparaissent devant la colonnade d'un
temple. Au fond, une campagne où des pasteurs gardent
leurs moutons.

Bois. Haut., 45 cent.; larg., 33 cent.

ÉCOLE ITALIENNE

(XVII° siècle)

12 — *Le Martyre de saint Pierre de Vérone.*

Dans un paysage accidenté, en robe blanche, renversé
sur le sol, les regards dirigés vers le ciel, il est assailli
par un homme en culotte rouge, le corps à demi-enroulé
dans une étoffe blanche, qui se penche sur lui, s'apprê-
tant à le frapper de son épée qu'il tient de la main
droite. A gauche, un autre moine se dresse épouvanté,
tandis que deux petits anges apparaissent au sommet de
la composition portant la palme du martyre.

Toile. Haut., 2 m. 02 cent; larg., 1 m. 45 cent.

Répétition fragmentaire du tableau du Titien qui figurait à Venise,
à l'église San Giovanni e Paolo et qui fut brûlé le 16 août 1867.

Sur le bois du châssis, le cachet à la cire du marquis de Salamanca.

ÉCOLE DE SÉVILLE

(XVII° siècle)

13 — *Têtes d'étude.*

Une tête de femme renversée en arrière est vue
presque de face, une autre, de trois quarts, les yeux
levés au ciel, et un jeune gentilhomme en buste, les
cheveux pendants.

Toile. Haut., 60 cent.; larg., 60 cent.

Sur le bois du châssis, le cachet à la cire du marquis de Salamanca.

EECKHOUT

(GERBRANDT VAN DEN)

Amsterdam 1621 † Amsterdam 1674

14 — *Ruth et Booz.*

Dans une campagne dorée par d'épaisses moissons et
fermée à l'horizon par des montagnes, Ruth et Booz
sont arrêtés près d'un puits. Ruth, la tête enveloppée
d'une étoffe qui lui retombe sur la poitrine, en robe
verte décolletée sur une chemise blanche, les pieds nus
dans des sandales nouées de rubans, porte dans son
tablier relevé les épis qu'elle a glanés. Près d'elle, Booz,
drapé dans un manteau brun, portant une coiffure enrichie de chaînes de perles, fait un geste de la main droite,
le visage tourné vers un homme qui s'avance à gauche,
tête nue, un bâton à la main, des clefs à la ceinture.
Une femme tient une cruche sur la margelle du puits.
A terre, gît une gourde.

Signé: *Gerbt V. Eeckhout. fec. A. 1672.*

Toile. Haut., 1 m. 47 cent.; larg., 1 m. 65 cent.

Sur le bois du châssis, le cachet à la cire du marquis de Salamanca.

ES

(JACOB VAN)

Anvers 1606 † Anvers 1665

15 — *Nature morte.*

Une assiette d'amandes, de noisettes, de raisins de Corinthe, deux huîtres ouvertes, une orange, un verre à demi-plein sont disposés sur une table recouverte de son tapis.

Signé à gauche : *Jacob van Es.*

Bois. Haut., 26 cent.; Larg., 38 cent.

FABRITIUS

(BERNARD)

A travaillé de 1650 environ, à 1672

16 — *David pardonne à Absalon.*

Le roi, coiffé d'un haut turban de mousseline, vêtu d'une tunique de satin jaune découvrant de larges manches de lingerie, un manteau rouge tombant sur le dos, un cimeterre au côté, est debout à l'entrée d'une forêt, bénissant son fils agenouillé devant lui, les mains croisées, tête nue, les cheveux bruns bouclés, une ceinture enroulée à la taille sur une robe rouge. Un carquois rempli de flèches, un bouclier et un arc sont abandonnés sur le sol.

On lit, à gauche, un monogramme : *R. H.*

Toile. Haut., 74 cent.; larg., 60 cent.

Sur le bois du châssis, le cachet à la cire du marquis de Salamanca.

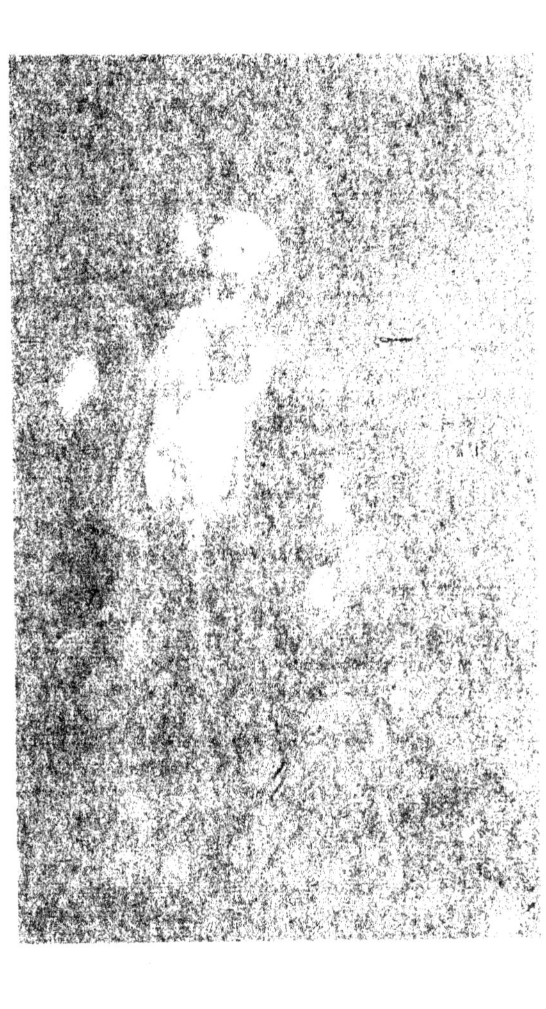

FRANCIA

(Attribué à FRANCESCO RAIBOLINI, dit il.)

Bologne 1440 † Bologne 1517

17 — *Vénus à la flèche.*

Debout, presque nue, sous le vestibule d'un palais, elle est vue de face, tenant dans la main droite levée une longue flèche ; les cheveux blonds séparés en bandeaux sur le front et nattés autour de la tête ; un voile de gaze, fixé sur sa coiffure, voltige derrière elle, un manteau rouge doublé de vert est drapé autour de sa taille. Dans le fond, on aperçoit un édifice qui s'élève dans un site accidenté.

Bois. Haut., 80 cent.; larg., 60 cent.

Sur le bois du châssis, le cachet à la cire du marquis de Salamanca.

FRANCK

(FRANS)

Anvers 1581 † Anvers 1642

18 — *Le Festin champêtre.*

Dans un parc, d'élégants gentilshommes et des jeunes
femmes aux riches atours ont pris place près d'une table
couverte d'une nappe blanche et de mets disposés sur de
la vaisselle d'argent. Au premier plan, au centre, un
cavalier vêtu d'un pourpoint jaune que ceint une écharpe
rouge à bouillons de soierie, culotté de gris, chaussé de
bottes molles et portant un large chapeau de feutre orné
d'une grande plume, apparaît debout, vu de dos, le visage
retourné vers la droite. Son manteau est négligemment
posé sur une chaise, près de lui. A gauche, un jeune
homme en habit de satin jaune est assis, face au spectateur, la tête tendrement inclinée vers une jeune femme
debout à son côté et dont il prend le bras, comme pour
l'inviter à prendre part au festin. Elle porte un collier de
perles et une robe bleue largement décolletée, où elle a
piqué une rose. Son visage encadré de cheveux blonds se
penche vers le jeune homme. Un chien ronge un os à leurs
pieds, près de valves de coquillages. A droite, un page,
vêtu de rouge, survient portant un plateau chargé d'un
verre ; près de lui, des flacons sont à rafraîchir dans un
bassin de vermeil.

Bois. Haut., 47 cent.; larg., 68 cent.

FRANCK

(FRANS)

Anvers 1581 † Anvers 1642

19 — *La Partie de trictrac.*

Dans un intérieur, où l'on remarque, à gauche, un lit fermé de rideaux jaunes, un officier en pourpoint de buffle est assis sur une chaise devant une table, tenant à la main un verre appuyé sur un jeu de trictrac. Il a pour adversaire une jeune femme blonde en robe bleue, assise en face de lui. Trois autres personnages sont debout.

Cuivre. Haut., 45 cent.; larg., 65 cent.

FRANCK

(École des)

20 — *Apollon et Marsyas.*

Le satyre est assis, dans un paysage, sur un tertre dominé par deux arbres aux troncs dénudés et par des verdures. Il se présente de trois quarts vers la droite, le torse nu, une draperie brune jetée sur ses cuisses velues qu'il tient croisées. De ses deux mains, il approche de sa bouche sa flûte mélodieuse. Un personnage, drapé d'une étoffe jaune sur sa tunique rouge, tourne son visage, aux oreilles faunesques, vers lui et pose une main sur son épaule.

Apollon, à gauche et au premier plan, se présente marchant et de face. Sa tête est laurée, un manteau rose flotte derrière lui et couvre à demi sa nudité. Il tient sa lyre d'or de la main droite et fait un geste de la gauche, le visage tourné vers son rival.

Au second plan, deux autres personnages sont assis, spectateurs du tournoi fabuleux.

Cuivre. Haut., 55 cent.; larg., 42 cent.

GOYA Y LUCIENTES

(FRANCISCO JOSÉ DE)

Fuentetodos 1746 † Bordeaux 1828

21 — *La Pénitence.*

Une pécheresse, en vêtement blanc sur une robe noire, un long bonnet sur la tête, les mains jointes, est exposée sur un tréteau aux regards de la foule. Celle-ci, massée dans la pièce sombre, qu'éclaire à gauche un œil-de-bœuf, entoure la pénitente et assiste à son expiation.

Toile. Haut., 44 cent.; larg., 5o cent.

Cité dans la Préface du Catalogue de la collection Salamanca, par Paul de Saint-Victor (janvier 1875), sous le titre : *L'Inquisition.*

Sur le bois du châssis, le cachet à la cire du marquis de Salamanca.

GUILLO

(VINCENTE)

Alcala de Gilbert 1660 † Valence 1701

22 — *Les Joueurs*.

Des joueurs ont pris place près d'une table en partie recouverte d'une nappe blanche, portant un plateau et une aiguière de vermeil. Devant une colonnade, un gentilhomme, en pourpoint rouge à collerette de dentelles, montre ses cartes à une jeune femme inclinée vers lui. A droite, leur adversaire, en habit vert, coiffé d'un large chapeau de feutre, les regarde. Un as de pique apparaît dans son jeu. Au premier plan, un chien lève le museau vers un élégant cavalier, ganté de gris, l'épée au côté, un riche manteau de satin rose rejeté sur l'épaule. Derrière lui, un page.

Toile. Haut., 1 m. 46 cent.; larg., 1 m. 73 cent.

On remarque en bas, à gauche, la marque ancienne d'une collection : deux *C* juxtaposés et surmontés d'une couronne.

LAMBRECHTS

(JEAN-BAPTISTE)

Anvers 1680 † Après 1731

23 — *Intérieur de Ferme.*

Assise sur une chaise basse, près d'une grande chemi-
née à auvent, où le feu pétille, une femme vêtue d'une
jupe brune, d'un corsage gris décolleté que ceint un
tablier bleu, la tête enveloppée d'un mouchoir noué sous
le menton, caresse un chat qu'elle tient sur ses genoux.
Son regard est dirigé vers la porte, où un homme apparaît dans l'embrasure, la main sur le loquet. Près d'elle,
un autre homme en veste bleue, coiffé d'un toquet rouge,
le dos à la flamme, tient une pipe de terre de la main
droite. Au centre et au second plan, une servante entre-
bâille un sac, devant une cloison de planches à claire-voie.
Des poules picorent au premier plan.

Bois. Haut., 24 cent.; larg., 24 cent.

Sur le bois du châssis, le cachet à la cire du marquis de Salamanca.

LUCAS

(EUGENIO)

1813 † Madrid 1870

24 — *Toréadors devant la Madone.*

3800

Ils sont arrêtés près de l'autel de la Vierge et groupés devant son image suspendue à la muraille. Les chefs de la cuadrilla, à droite, ont leurs riches costumes d'arène : vestes bleues ou roses ou vertes à jabots de dentelles, et des manteaux éclatants jaunes ou roses, ou blancs ou rouges brodés d'or. Des rubans aux nœuds de couleurs vives serrent leurs cheveux. A gauche, trois autres personnages. L'un d'eux, vu de dos, un bonnet noir à gland retombant entre ses épaules, tient de la main droite un pan de son manteau et cause avec ses compagnons dont l'un sourit en montrant ses dents.

Toile. Haut., 1 m. 62 cent.; larg., 2 m. 20 cent.

Sur le bois du châssis, le cachet à la cire du marquis de Salamanca.

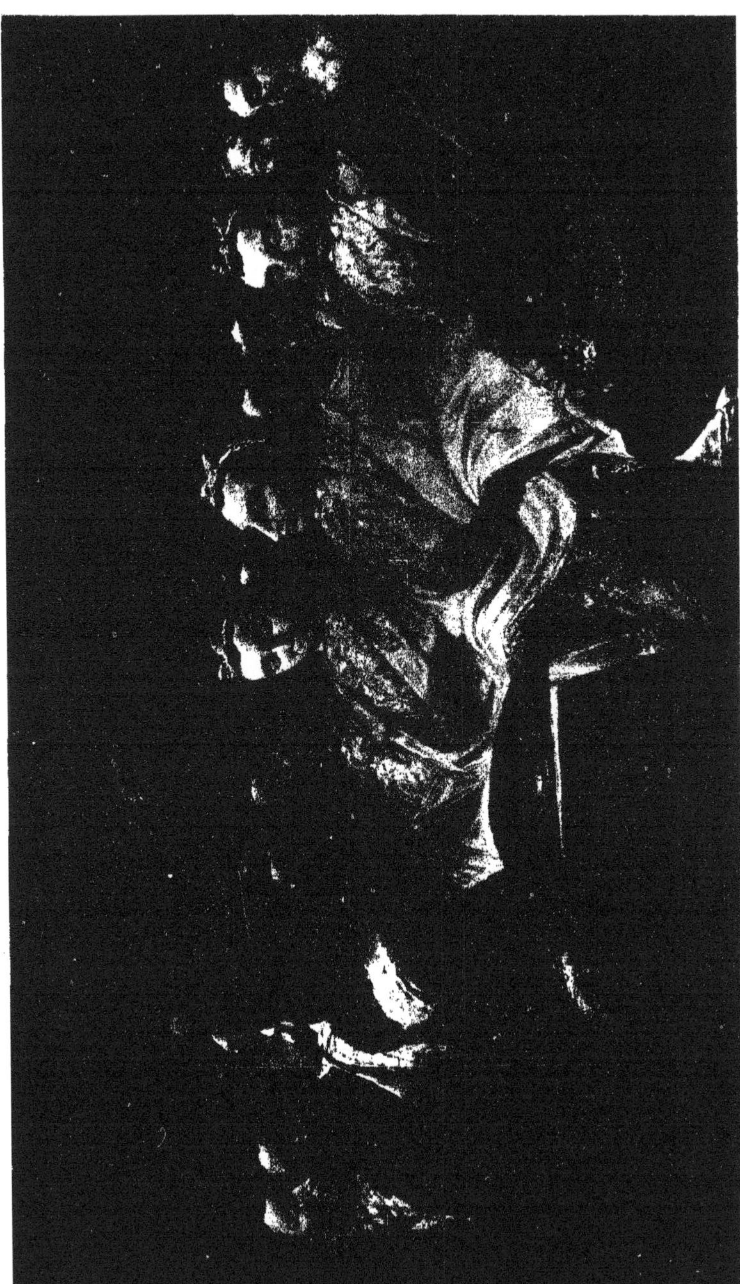

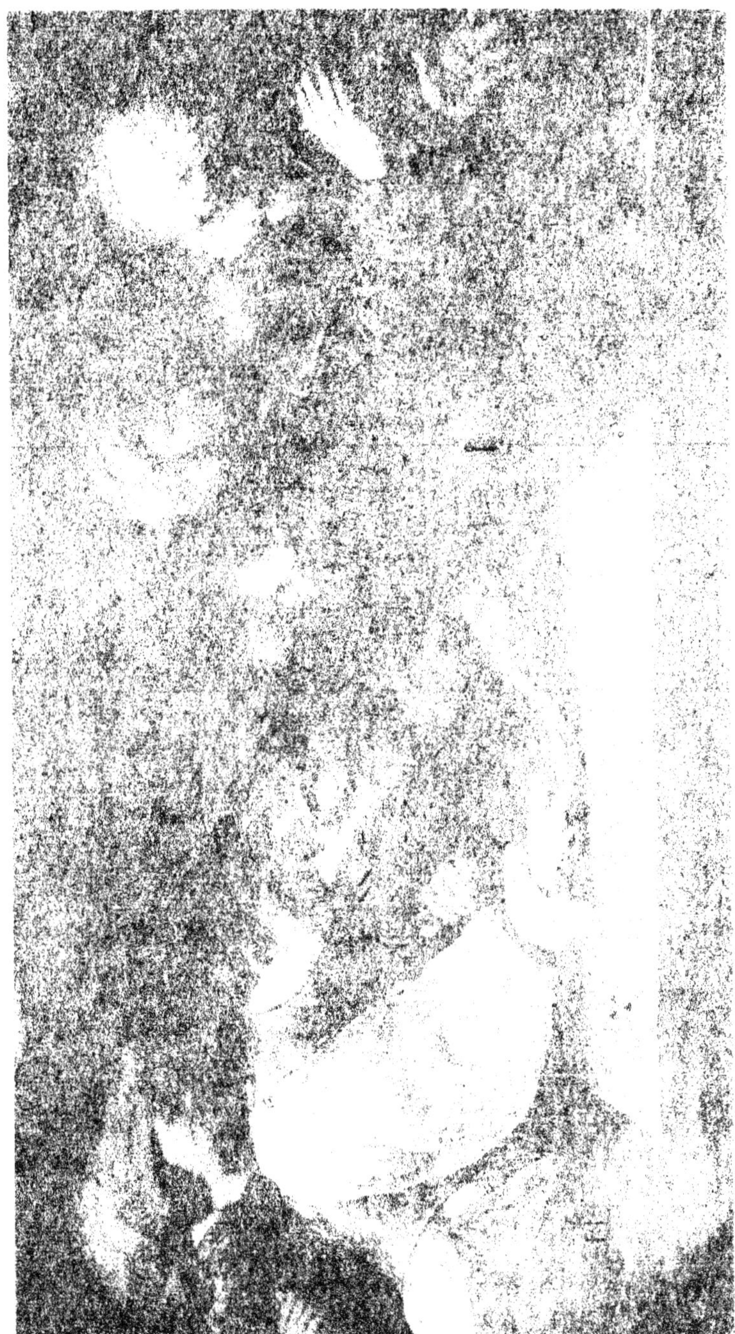

MANFREDI

(BARTOLOMMEO)

Ustiano 1572 † Rome 1617

25 — *Le Reniement de saint Pierre.*

Des hommes d'armes, réunis autour d'une large table de pierre, jouent aux dés. L'un d'eux, à gauche, en culotte grise, en cuirasse où s'agrafent à l'épaule d'éclatantes manches jaunes, tend la main droite vers des pièces d'argent qu'un autre tient sous son index. Derrière lui, on aperçoit un soldat coiffé d'un toquet rouge, surmonté d'une longue plume. A droite, saint Pierre, les mains ouvertes au-dessus d'un feu de tisons, en robe verte et manteau brun, se retourne tête nue, de profil à gauche, vers les joueurs. Une servante apparaît au second plan.

Toile. Haut., 1 m. 44 cent.; larg., 1 m. 97 cent.

A figuré à l'Exposition de l'Art belge du XVIIe siècle, n° 521 du catalogue, sous le nom de G. Seghers.

MAZO MARTINEZ

(JUAN BAUTISTA DEL)

Madrid 1610 ✝ Madrid 1687

3000
—
13200

Mme Henry Blanchon

26 — *Portrait de l'Infante Marguerite-Thérèse.*

La jeune princesse est debout, vue jusqu'aux genoux, légèrement tournée vers la droite. Elle tient une rose de la main gauche et de l'autre un « panuelo ». Ses cheveux blonds pendants sur les épaules sont serrés sur le front et retenus au-dessus de l'oreille par une coque de rubans ; sa robe de satin blanc est décolletée ; un bijou d'orfèvrerie et une chaîne d'or sont posés sur un volant de lingerie. Les manches à crevés sont fermées aux poignets par des nœuds de rubans rouges, les basques du corsage s'étalent sur la large jupe évasée.

Toile. Haut., 1 m. 02 cent.; larg., 77 cent.

L'Infante Marguerite-Thérèse, fille de Philippe IV et de sa deuxième femme Marie-Anne d'Autriche. 1651-1692.

MAZO MARTINEZ

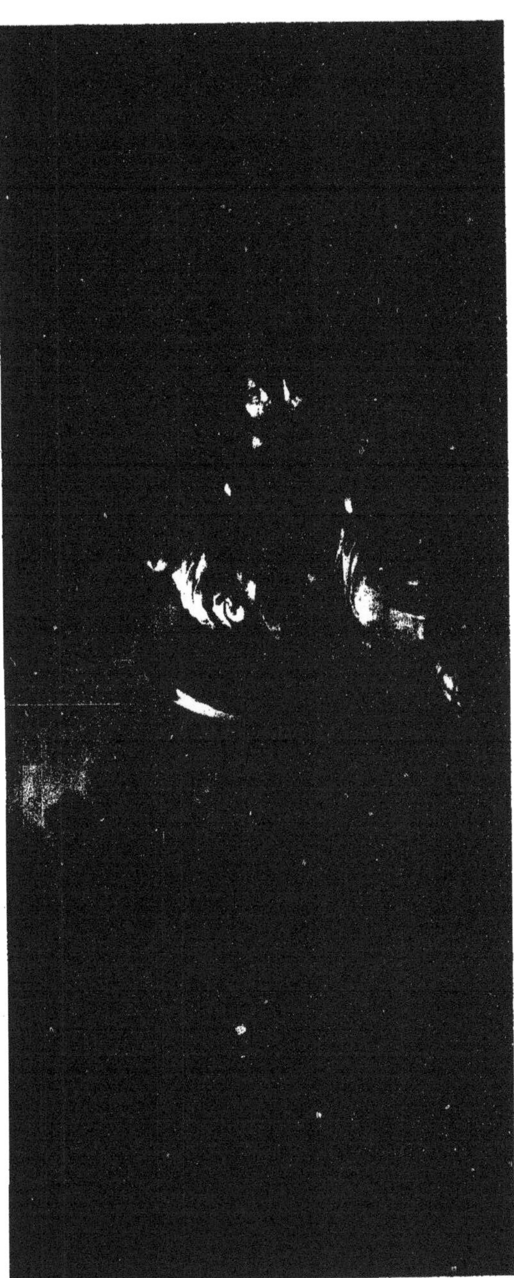

MURILLO

(BARTHOLOMÉ ESTEBAN)

Séville 1617 † Séville 1682

27 — *Le Songe de saint Joseph.*

Saint Joseph, les pieds nus chaussés de sandales, une draperie jaune sur les genoux, est assis dans la campagne à l'entrée d'une ville fortifiée dont on aperçoit à gauche les murailles. Son corps, infléchi vers la droite, s'appuie sur un rocher dans l'abandon du sommeil. Sa tête repose sur son bras gauche. Un ange apparaît, debout, derrière lui, en robe rose, les ailes ouvertes, et sa main se pose délicatement sur l'épaule de Joseph endormi, pour l'éveiller. Le ciel à l'arrière-plan est encore doré par le lumineux sillage de son vol dans les ténèbres.

Toile. Haut., 82 cent.; larg., 1 m. 50 cent.

Sur le bois du châssis, le cachet à la cire du marquis de Salamanca.

MURILLO

(École de BARTHOLOMÉ ESTÉBAN)

28 — *Saint Joseph adorant l'Enfant Jésus.*

La Vierge présente l'Enfant Jésus étendu sur des linges blancs. A droite, saint Joseph les mains jointes et saint Jean-Baptiste tenant sa croix de bois. La composition se présente dans un œil-de-bœuf.

Toile. Haut., 83 cent.; larg., 83 cent.

Répétition de la Sainte Famille de Heytesbury House.

Sur le bois du châssis, le cachet à la cire du marquis de Salamanca.

NETSCHER

(CASPAR)

Heidelberg 1639 — La Haye 1684

29 — *La Lecture de la lettre.*

Une jeune fille en robe de satin blanc est assise dans un intérieur devant une table couverte d'un tapis d'Orient. Elle tient d'une main un feuillet de musique sur lequel elle a les yeux baissés et, faisant un geste de l'autre main, elle semble chanter devant une dame âgée vêtue de noir, debout à côté d'elle. Sur la table, on remarque une écritoire, un coffret à bijoux et un chandelier. Un violoncelle est posé contre un fauteuil. Au premier plan, un chien devant un coffre ouvert et qui contient des partitions; dans le fond, un lit tendu de rideaux violets.

Toile. Haut., 74 cent.; larg., 66 cent.

Sur le bois du châssis, le cachet à la cire du marquis de Salamanca.

PEETERS

(CLARA)

30 — *L'Arrivée au Port.*

Sur une mer agitée, une frégate battant pavillon espagnol, toutes voiles dehors, salue, d'un coup de canon, une ville fortifiée qui s'étend à droite. D'autres embarcations voguent sur les flots.

On lit, à gauche, l'intéressante signature : *C. Peeters.*

Toile. Haut., 72 cent.; larg., 1 m. 08 cent.

Sur le bois du châssis, le cachet à la cire du marquis de Salamanca.

RAPHAEL

(École de)

31 — *La Vierge portant l'Enfant Jesus.*

La Vierge est assise tenant sur ses genoux son divin Fils posé sur un coussin blanc et dont la main gauche est engagée dans son corsage.

Bois. Haut., 74 cent.; larg., 58 cent.

Derrière le panneau, on remarque une inscription ancienne : *Opera di Raffaele da Urbino* et le cachet à la cire du marquis de Salamanca.

Ce tableau est une répétition de la célèbre madone dite *Panshanger*, faisant encore partie de la collection de lord Cowper.

RUBENS

(École de PIERRE-PAUL)

32 — *La Chasse au sanglier.*

Dans un paysage et cerné par les chiens dont il a déjà
décousu quelques-uns, un sanglier forcé par des chasseurs
franchit le corps d'un homme qu'il a blessé et qui apparaît au premier plan renversé sur le sol. A gauche, un
chasseur tient un épieu ; au centre, une jeune femme
blonde portant un carquois va frapper l'animal. Près d'elle,
un sonneur de cor donne l'hallali ; à droite, un cavalier
brandit une pique.

Toile. Haut., 1 m. 55 cent.; larg., 1 m. 78 cent.

Sur le bois du châssis, le cachet à la cire du marquis de Salamanca.

RUBENS

(École de PIERRE-PAUL)

33 — *Atalante et Méléagre.*

La princesse est assise sur un tertre ombragé par un
arbre où pend un cor. Elle se tourne, les genoux enveloppés
d'une draperie rouge, vers Méléagre qui lui présente la
tête du sanglier de Calydon. Un Amour, à leurs pieds, se
présente de dos les ailes ouvertes.

Toile. Haut., 2 m. 04 cent.; larg., 1 m. 75 cent.

Répétition fragmentaire du célèbre tableau conservé à la Pinacothèque
de Munich.

Sur le bois du châssis, le cachet à la cire du marquis de Salamanca.

RUBENS

(École de)

34 — *Sainte Famille.*

Sur une terrasse, la Vierge assise, en corsage rouge, jupe violette, une draperie bleue sur les genoux, tient l'Enfant nu endormi sur son sein. A gauche, sainte Anne en jupe jaune et manteau brun bordé de fourrure, une étoffe blanche sur les cheveux, pose la main sur l'épaule de la Vierge et regarde avec tendresse le sommeil de Jésus. A droite, le bras accoudé sur une balustrade de pierre, la main soutenant sa tête nue, saint Joseph participe à cette scène d'intimité.

Toile. Haut., 1 m. 98 cent.; larg., 1 m. 60 cent.

Cette composition, malgré ses variantes, nous semble inspirée de la Sainte Famille de Rubens, conservée au musée du Prado.

Sur le bois du châssis, le cachet à la cire du marquis de Salamanca.

RUBENS
(École de)

35 — *L'Enfant Jésus et Saint Jean-Baptiste.*   800
620

Dans un paysage, Jésus est assis à droite sur un
rocher couvert d'une écharpe rouge ; il caresse l'agneau
que lui présente le petit saint Jean.

Toile. Haut., 97 cent.; larg., 1 m. 15 cent.

RUBENS
(École de)

36 — *Une Tête d'Ange.*

Toile. Haut., 26 cent.; larg., 29 cent.

Sur le bois du châssis, le cachet à la cire du marquis de Salamanca.

SARTO

(D'après ANDRÉA DEL)

Florence 1486 † Florence 1531

37 -- *La Vierge, l'Enfant Jésus, Sainte Élisabeth et Saint Jean.*

La Vierge, assise au premier plan, en robe rouge, un voile de même couleur sur ses cheveux bruns, tient l'Enfant Jésus sur ses genoux. Derrière elle, sainte Élisabeth et le petit saint Jean qui se penche, la main droite tendue, vers le Sauveur.

Bois. Haut., 1 m. 45 cent.; larg., 1 mètre.

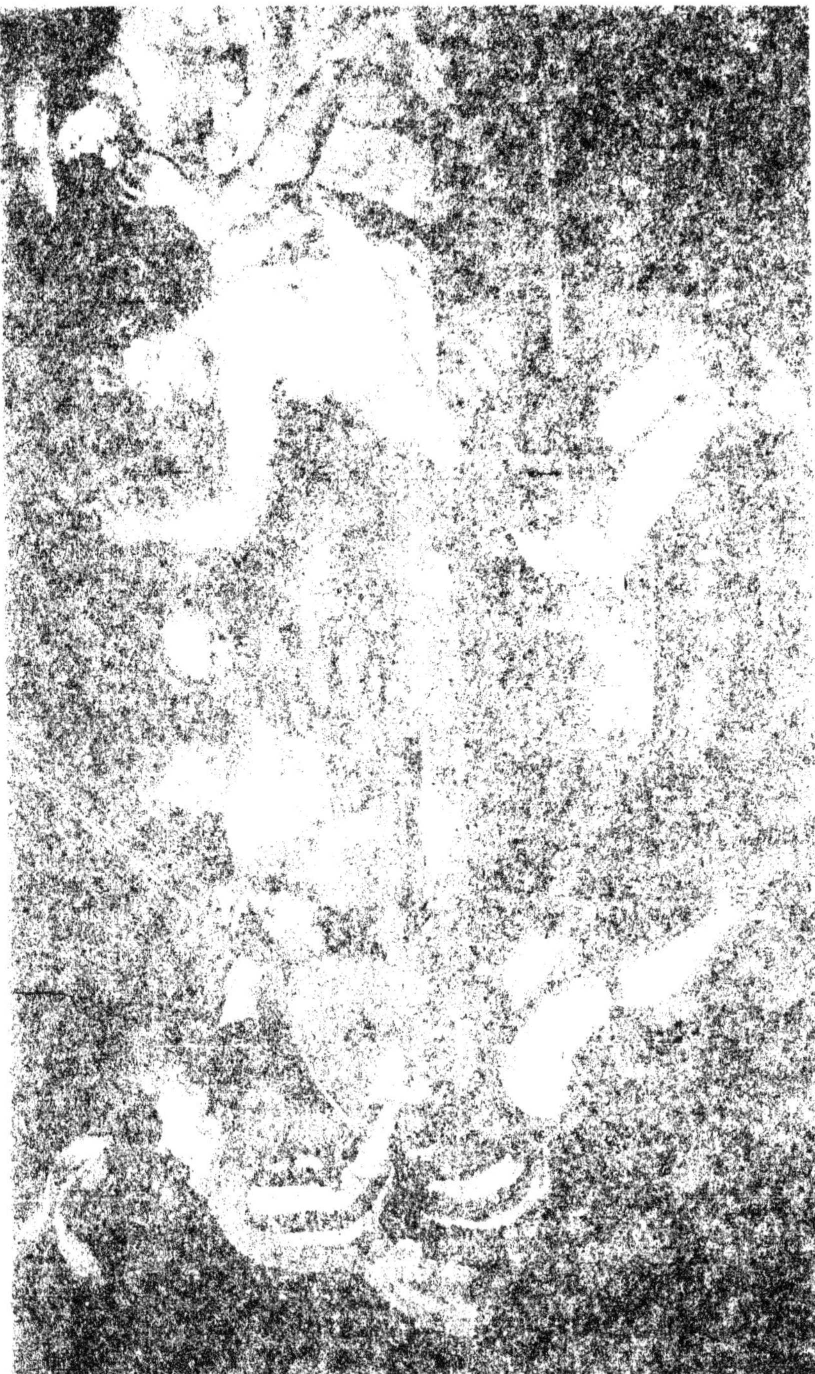

SEGHERS

(GÉRARD)

Anvers 1591 ✝ Anvers 1651

(PENDANT DU SUIVANT)

38 — *Les Cinq Sens.*

Cinq personnages sont réunis dans un intérieur autour
d'une table : un musicien, coiffé d'une toque à plume,
pince de la guitare ; une jeune femme blonde se regarde
dans un miroir ; près d'elle, un vieillard à longue barbe grise,
couvert d'un manteau de fourrure, chauffe ses mains au-
dessus d'un brasier ; une femme debout, coiffée d'un chapeau de paille à rubans bleus, respire le parfum d'une
rose, qu'elle tient de la main droite ; au premier plan,
un homme assis, vu presque de dos, le torse nu, la tête
couronnée de pampres et de raisins, lève un verre de
vin blanc ; à terre, des cruches rafraîchissent dans un
grand bassin de cuivre.

Toile. Haut., 1 m. 92 cent ; larg., 2 m. 50 cent.

SEGHERS

(GÉRARD)

(PENDANT DU PRÉCÉDENT)

39 — *La Partie de Trictrac.*

Un officier, en veste de buffle jaune à crevés sur fond bleu, en culotte rouge, est levé de sa chaise et penché sur la table où le jeu est ouvert ; il va jeter les dés. En face de lui, une femme blonde, en robe bleue, est son adversaire. A gauche, un musicien tenant un luth et un jeune chanteur coiffé d'un chapeau de paille. A droite, un serviteur portant un pot d'étain et un buveur au feutre empanaché levant son verre.

Toile. Haut., 1 m. 92 cent.; larg., 2 m. 50 cent.

SEGHERS

(GÉRARD)

40 — *Jésus chez Marthe et Marie.*

Marie est représentée par une jeune femme blonde en robe bleue décolletée et relevée sur une jupe de satin jaune, assise, les mains croisées sur un livre, elle écoute le Seigneur, assis dans un fauteuil et vu de profil, dire : « Une seule chose est nécessaire, Marie a choisi la meilleure part, elle ne lui sera point ôtée. » Marthe est debout à droite devant une table chargée de volaille, un tablier blanc relevé sur sa robe rouge, elle présente des deux mains des grappes de raisin. Un rideau vert est tendu vers le fond, relevé et découvrant un portique ouvert sur la campagne.

Toile. Haut.. 1 m. 50 cent.; larg. 2 m. 14 cent.

On remarque, en bas à gauche, une marque ancienne de collection : deux C réunis sous une couronne et au revers, sur le bois du châssis, le cachet à la cire du marquis de Salamanca.

SNAYERS

(PIETER)

Anvers 1593 † Bruxelles 1670

(PENDANT DU SUIVANT)

41 — *Halte militaire.*

42   Des cavaliers et des troupes à pied sont arrêtés devant les constructions d'une ferme. Au premier plan, au bord d'une mare, un officier, portant sur sa veste de buffle une ceinture rouge et montant un cheval blanc, cause avec un compagnon qui monte un cheval noir.

Toile. Haut., 76 cent.; larg., 1 m. 25 cent.

On remarque à gauche, en bas, le n° 72 ajouté postérieurement à la peinture.

Sur le bois du châssis, le cachet à la cire du marquis de Salamanca.

SNAYERS

(PIETER)

(PENDANT DU PRÉCÉDENT)

42 — *Une Bataille.*

Des cavaliers sont aux prises avec une troupe d'infanterie. Un homme en veste rouge, monté sur un cheval alezan, tire son épée. Les troupes à pied occupent la gauche de la composition. Vers la droite, des cavaliers en déroute fuient sous de grands arbres.

Toile. Haut., 76 cent.; larg., 1 m. 25 cent.

On remarque en bas, à droite, le n° 73 ajouté postérieurement à la peinture.

Sur le bois du châssis, le cachet à la cire du marquis de Salamanca.

SNYDERS

(FRANS)

Anvers 1579 † Anvers 1657

43 — *Loup défendant sa proie.*

Dans un paysage, un loup, les pattes de devant appuyées sur le cadavre d'une biche qu'il dévorait, se retourne vers deux chiens dont les têtes et les gueules armées de crocs apparaissent à gauche de la toile.

Toile. Haut., 1 m. 10 cent.; larg., 1 m. 73 cent.

Sur le bois du châssis, le cachet à la cire du marquis de Salamanca.

TENIERS

(Attribué à DAVID)

Anvers 1610 ✝ Bruxelles 1690

44 — *Les Musiciens.*

Dans un intérieur, assis sur un billot de bois, de profil vers la gauche, un musicien, vêtu d'un habit gris, un toquet rouge à plume incliné sur l'oreille et posé sur sa longue chevelure, tient dans ses mains une clarinette. Près de lui, un homme en habit bleu et toquet vert pince du luth. Sur un escabeau, devant eux, on voit un feuillet de papier et une cruche de grès rouge, une autre est à terre. A gauche, un luth est appuyé contre un banc devant une table couverte d'un tapis où sont des partitions. Une porte s'ouvre dans la muraille du fond sur laquelle des instruments de musique sont pendus ; par la baie, on aperçoit le troisième mélomane quittant la salle.

On lit à gauche le monogramme D. T.

Bois. Haut., 26 cent.; larg., 30 cent.

Sur le bois du châssis, le cachet à la cire du marquis de Salamanca.

TOBAR

(DON ALONSO MIGUEL DE)

Higuera 1678 † Madrid 1758

(PENDANT DU SUIVANT)

45 — *Le Divin Pasteur*.

Dans un paysage, debout et de face, il est vêtu d'une robe rose, recouverte d'une fourrure blanche, ses pieds nus sont chaussés de sandales à lanières de cuir et sa tête s'incline en arrière, légèrement penchée sur l'épaule. Une molle chevelure blonde encadre son visage, dont la bouche s'entr'ouvre et dont les yeux sont levés vers le ciel. Il est appuyé sur son bâton pastoral et caresse de la main droite la tête d'un des moutons qui l'accompagnent.

Toile. Haut., 1 m. 30 cent.; larg., 96 cent.

Plusieurs œuvres de Murillo, de composition similaire, figurent dans diverses collections : New-York, Hisp.-Society; Londres, collection du baron de Rothschild; Seeon, collection du duc de Leuchtenberg.

TOBAR

(DON ALONSO MIGUEL DE)

PENDANT DU PRÉCÉDENT

46 — *Saint Jean-Baptiste.*

Il est debout, dans un paysage rocheux et boisé, une peau de bête recouvre son corps ; les pans retombent en s'écartant sur ses jambes nues. Son visage sourit sous les boucles blondes et ses yeux sont fixés sur le spectateur. Sa joue est appuyée contre la tête d'un agneau, debout près de lui sur un rocher et dont la patte est posée sur son bras droit. De la main gauche et de l'index levé, il montre le ciel.

A terre, on remarque une croix entourée d'une banderole portant l'inscription : *Ecce agnus dei.*

Toile. Haut., 1 m. 10 cent.; larg., 96 cent.

Ce tableau rappelle, par la similitude de la composition, les deux œuvres de Murillo, conservées à la National Gallery et au Musée de l'Ermitage.

VEYRASSAT

(JULES-JACQUES)

47 — *Moisson.*

Une route bordée à gauche de quelques arbres grêles sépare des champs où des paysans s'occupent aux travaux de la moisson. Une charrette chargée de gerbes est arrêtée près d'une meule que deux paysans édifient. Un cheval blanc est dans les brancards, deux autres chevaux de trait attendent devant lui près d'une échelle dressée et d'un petit âne mâchant la paille et chargé de son bât.

A gauche, un faucheur coupe le blé, deux glaneuses recueillent des épis dans les sillons.

Signé : *J. Veyrassat 1866.*

Toile. Haut., 75 cent.; larg., 1 m. 45 cent.

Un tableau de cet artiste a figuré au Salon de 1866, sous le titre ci-dessus, n° 1913 du catalogue.

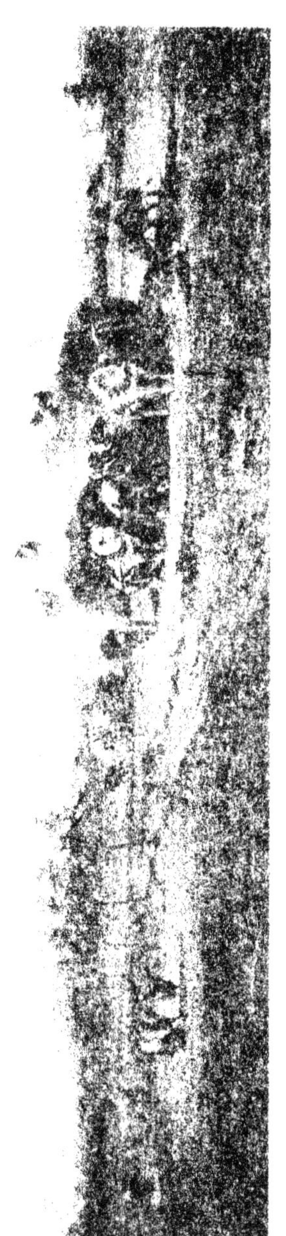

HÉLIO LÉON MARLITZ

VEYRASSAT

(JULES-JACQUES)

48 — *Le Bac*.

Un bac traverse une rivière qui fuit à l'horizon vers des collines. Une paysanne et son âne y ont pris place ainsi que deux chevaux de trait. Un paysan, coiffé d'un bonnet, est assis sur le dos de l'un d'eux, de profil vers la gauche. Deux bateliers arc-boutés sur leurs perches, l'un à l'avant, l'autre à l'arrière, s'efforcent de démarrer et d'obliquer contre le courant.

A gauche, on aperçoit les toits de tuiles d'une ferme et à droite, près d'un chaland, quatre peupliers dorés par l'automne.

Signé à gauche en bas : *J. Veyrassat.*

Bois. Haut., 28 cent.; larg., 45 cent.

WATTEAU

(D'après ANTOINE)

49 — *La Fête vénitienne.*

Toile. Haut., 1 m. 25 cent.; larg., 1 m. 13 cent.

750

José de Artêche

YKENS

(FRANS)

Anvers 1601 † Anvers 1693

50 — *Fruits, fleurs et oiseaux morts.*

4100

Mme Henry Blanchon

Un vase de cristal contenant des roses, des iris, des primevères, des pivoines; un compotier rempli de raisins, de cerises, de pêches, de framboises; des perdreaux et des petits oiseaux; un melon, sont réunis sur une table de pierre.

Signé à droite : *Francisco Ykens, f.*

Bois. Haut., 80 cent.; larg., 1 m. 22 cent.

On remarque, à droite en bas, le n° 32 ajouté postérieurement à la peinture.

RED. :

24

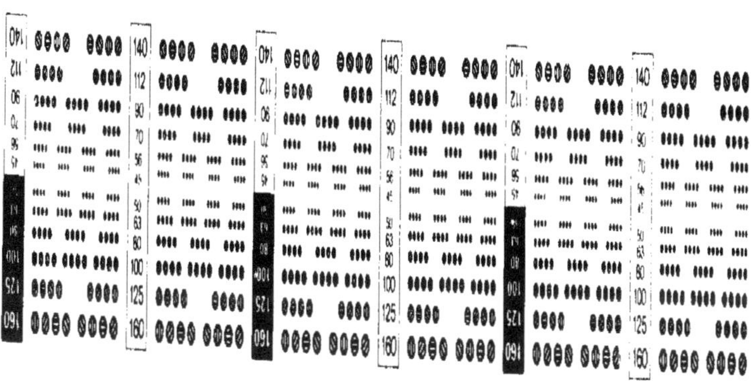

MIRE ISO N° 1
NF Z 43-007
AFNOR
Cedex 7 - 92080 PARIS-LA-DÉFENSE

379.68.70
graphicom

BIBLIOTHÈQUE NATIONALE DE FRANCE

CHATEAU DE SABLÉ

1997